그 길에 꽃향기 그윽하네

그 길에 꽃향기 그윽하네

1판 1쇄 인쇄 2020년 6월 5일
1판 1쇄 발행 2020년 6월 15일

지은이 김영환
발행처 ㈜옥당북스
발행인 신은영

등록번호 제2018-000080호
등록일자 2018년 5월 4일
주소 경기도 고양시 일산동구 무궁화로 11 한라밀라트 B동 215호
전화 070)8224-5900 **팩스** 031)8010-1066

블로그 blog.naver.com/coolsey2
포스트 post.naver.com/coolsey2
이메일 coolsey2@naver.com

ISBN 979-11-89936-25-9 03810

이 도서의 국립중앙도서관 출판예정도서목록(CIP)은 서지정보유통지원시스템 홈페이지
(http://seoji.nl.go.kr)와 국가자료종합목록 구축시스템(http://kolis-net.nl.go.kr)에서
이용하실 수 있습니다. (CIP제어번호 : CIP2020022262)

그 길에 꽃향기 그윽하네

김영환 지음

옥당

자서

늙어지면 누구나 지난날을 추억합니다.
그 젊은 날엔 아픔과 슬픔과 절망이 있습니다.
팔십 생을 돌아와 추억하는 젊은 날엔
황홀하고 아름다운 삶의 향기가 가득 차 있습니다.
말단에서 부산시장에 이르기까지 내가 이룬 공직자로서의 성공,
그 바탕에는 정직, 성실, 근면을 금과옥조로 여기며
꿈을 향해 매진한 젊은 열정이 있었습니다.

공직자의 사명감과 열정, 청렴 신조는
추위 속에서도 지조를 팔지 않는 매화처럼
내 인생에 맑은 향기로 남았습니다.
울산·마산·부산 시장 재임 시절,
지역의 해묵은 난제 해결에 집중하였던바,
그때의 씨앗이 거목으로 자라 지역 발전의 기틀이 되었습니다.

이제 늙어 그 젊은 날을 반추하며 빙긋이 웃음 짓습니다.
참 잘했구나, 참 잘되었어, 하고….

일흔둘 늦은 나이에 시인이 되었습니다.

네 권의 시집을 세상에 내놓는 동안 세월은 또 훌쩍 10년을 넘겼습니다.

저무는 내 일생을 고스란히 담은 이 시집은…,

시선집의 마지막 권이 될 듯합니다.

이런 내용을 담으려 했습니다.

나는 어떻게 살아왔는가,

사람은 어떻게 살아야 하는가,

사랑으로 행하라. 가족, 친구를 넘어 내 나라, 내 자연을.

재주의 부족함을 널리 이해하여 주시기 바라며 아껴주신 모든 분께 진심을 담아 감사의 인사를 전합니다.

2020년 5월

마음 모아 김영환

자서 _05

1. 인생

그 길에 꽃향기 그윽하네 _14

인생 _17

나는 행복합니다 _19

내려오는 길 _20

바보 인생 _23

청춘 _25

둥지 _26

새날 _28

모든 것이 내 것이라 _30

희망을 노래하라 _31

오늘 사랑하리 _33

하루를 일생처럼 _34

사나이 눈물 _35

빈 가슴 _37

여보시게 젊은이 _38

광안대교 _40

진홍 노을 앞에 서서 _42

2. 가족

사모곡 _44

아비 어미 마음 _47

영원히 함께 살자 _48

산과 같은 아버지 _50

세상 철부지들에게 고함 _52

보랏빛 풋각시 _55

우리 인연 _56

금혼식의 다짐 _58

공진단 _60

씨알의 소리 _62

사랑하는 손녀에게 _64

고향바다 _66

화목 _67

아버지의 고백 _68

효심 _70

3. 꽃과 나무와 자연

꽃의 소리 _73

가슴에 피는 꽃 _74

벚꽃 _75

메밀꽃 순정 _76

무궁화꽃이 피었습니다 _77

나, 나목裸木되어 _78

목련을 기다리며 _80

목련 사랑 _81

코스모스 _82

매화의 지조 _83

의연한 자존 _85

숲은 모태 _86

맨얼굴에 무명옷 입은 귀부인이여 _88

한라산 억새의 추억 _90

이 가을 왜 쓸쓸한가 _91

세상은 돌고 도는 것 _92

가을의 자성自省 _93

무술戊戌의 여름 _94

미세먼지 _96

코로나19 _98

4. 그리움

사랑 _101

사랑하기 위해 _102

님 그리며 _104

밤비 _105

들꽃 인생 _106

달님 _107

구중궁궐 _109

눈은 마음의 창 _110

키다리 아저씨 _112

그리운 친구 _114

가을 편지 _116

5. 어떻게 살 것인가

천둥소리 _120

껍데기는 가라 _121

마음이 모든 것 _123

양심 _124

마음을 활짝 열자 _127

비우고 다시 채워라 _128

함께 살기에 _129

화목한 사회 _131

험난한 인생길 _132

의지 _134

시간의 가치 _135

화평 _136

순간의 선택 _137

제 빛깔을 내라 _139

열정 _140

마음의 눈 _141

한 번뿐인 인생 _143

물처럼 살리라 _144

늙은이 마음가짐 _146

늙은이에게 고함 _147

세상에 고함 _148

6. 나라 사랑

가슴에 칼을 품자 _153

엇나는 정치 _154

민심은 천심 _155

한평생 살다보니 _157

지상의 천사를 만났네 _158

적십자 천사에게 띄우는 편지 _159

7. 미소 지으며 가리

세월의 강 _163

행복은 너울 같은 것 _164

눈물이 나네요 _165

매정한 세월 _167

내 곁에 온 거북이 _168

무애無碍 _169

바람아! _170

최후 승리자 _172

나, 가리라 _174

통천문通天門 _176

나, 떠나거든 _178

내 머물 곳 _180

아직 나에게 _181

내 인생 자랑합니다 _182

함부로 꽃이라 하지 마라 _184

자연의 질서 _186

시장 _188

에필로그

나의 삶 나의 인생 _190

1

인생

그 길에 꽃향기 그윽하네

여섯 살에 어미 여읜 슬픔
육이오가 남긴 가난
하루하루 버티기 힘든 강풍 속에서
주경야독의 열정은 불탔다

가시 박힌 아린 가슴 움켜쥐고
앞날의 희망 꿈꾸며
밤을 낮 삼아 뛰고 뛰었나니

나, 가야 할 저 높은 봉우리
내 힘으로 닿을 수 있을까
전심전력 오르고 오르다 보니
그 봉우리 넘어
더 높은 봉우리 넘었네

천지신명이 가상히 여기셨나
수많은 인연 손 내밀어
까마득한 하늘까지
나를 밀어 올리네

역경과 가난 속에
바르게 살고자 한 이에게
과분한 은혜 내리셨도다

짧았던 나의 청춘
찰나 같은 나의 인생
이제 붉은 노을 바라보며 회억하네
수많은 시련 헤치고
아름다운 축복으로 열매 맺은 인생
그 길에 꽃향기 그윽하네

인생

실패했다 낙심하지 마라
어렵다고 절망하지 마라
인생은 희로애락 함께하는
빛과 그림자

기쁨 속에 슬픔 있고
슬픔 속에 기쁨 있으며
슬픔 있어 기쁨을 알고
기쁨 있어 슬픔을 아네

세상 사는 맛
어찌 단맛만 있을까
쓰고 짜고 매운 맛 있어
제맛 내는 것

희로애락의 수레바퀴 속에
서릿발 같은 천도 지키며
겸허하고 성실하게 살기를
그것이 인생인 것을

나는 행복합니다

하늘을 지붕 삼아
푸른 들에 누우니
세상 모든 것이 내 것이라
나는 행복합니다

검소한 하루 세끼
마음 편히 먹을 수 있으니
나는 행복합니다

한가로운 날
만나자는 친구 있어
외롭지 않으니
나는 행복합니다

건강이 남아 있어
가고 싶은 곳 갈 수 있으니
하고 싶은 일 할 수 있으니
나는 행복합니다

내려오는 길

1

청춘은 내일을 꿈꾸며
바닥에서 까마득한 정상을 향해
오르고 오르는 것이라네

아슬아슬 절벽을 넘고
우거진 가시밭길 헤치며
안개, 구름 자욱한
낮은 봉우리, 높은 봉우리
차례차례 넘고 넘으면

길 없는 길, 길은 열리고
올라와 바라보니
그 길, 지름길이었네

2
먼저 닿은 정상
생각보다 화려하고 아름답더이다

정직, 성실로 진심 담으면
격려, 칭송, 믿음 돌아오고
책임이 무거울수록 보람도 크더이다

내가 뿌린 씨앗 충실히 열매 맺어
지역발전 자취로 도처에 남으니
그 시절의 향기 진하게 몰려오네

3
정상에서 내려오는 길
고통과 아픔만 있으랴
견딘 만큼 희열도 있더이다

이루고 누린 과분한 이 행복
시 읊고 노래 부르며
쌓은 추억 만끽하노라
올라갈 때 놓친 세상 새롭게 관조(觀照)하며
더 넓고 아름다운 세상 보았더이다
종착역 눈앞에 두고 드리운
장엄한 진홍 노을이 더 아름답더이다

바보 인생

나는 누구인가
어디서 왔다가
어디로 가는가

내 가는 길 높푸른 하늘길
하루를 일생처럼
한 시간을 두 시간처럼
지칠 줄 모르고 살았다

깨끗하게 살자 하며
가족에겐 미안한 바보로
스스로에겐 후회하지 않는 바보로 살았다

내가 꿈꿨던 높푸른 하늘 너머
까마득한 여든여섯 해
붉은 노을이 넘어간다
바보 인생이 넘어간다

청춘

겨울 싹은
봄을 꿈꾸며
겨울을 버틴다

청춘은
봄이 아니고
겨울이다

※ 꿈이 없는 청춘은 청춘이 아니다

둥지

단잠에서 깨어 창문을 열면
방안 가득 들어와 차는
새벽이슬 머금은 맑은 향기
지난밤 산사(山寺)에서 잤던가?

도심 우거진 숲속 아파트
마흔 해 살며 추억이 자란 곳
낡은 옷처럼 편안하고
하늘 높이 자란 나무 사이로
뭇새 매미 소리 들려오는
행복한 나의 쉼터

아침 햇살 받으며
나날이 새 출발 하는
활력 샘솟는 요람이로세

※ 분양하여 마흔 해 산 동래럭키아파트에 관한 소회

동래문예(2019 제20호) 게재

새날

천지신명께 감사합니다
잠에서 깨어
새날을 맞게 하시니
감사합니다

찬란한 아침햇살
싱싱한 공기
맛있는 음식
보고 싶은 얼굴
다시 만나게 하시니
감사합니다

축복받은 하루하루
천금을 준들 살 수 있으랴
목숨으로 기도한들 얻을 수 있으랴

이 세상 태어나
두 번 다시 오지 않을 나날
헛되이 함은 죄악이다
부모에게
신에게

내게 오늘 있음을 감사하라
촌음을 아끼며 살아라
남에게 피해 주지 마라
입은 은혜 반드시 갚아라
행복한 세상을 만들어라

새날에 다짐합니다

※ 동래문예(2011)

모든 것이 내 것이라

단풍 곱게 물든 앞산이 내 것이요
은비늘 반짝이는 앞강이 내 것이요
높푸른 하늘 뭉게구름 또한 내 것이라

내 뜰 넓다 한들 어찌 받아들이리
하늘을 지붕 삼아
푸른 들판 팔베개로 누워
막걸리 한잔하니 모든 것이 내 것이라
아름다운 풍광 노래하며
그 자리에 그냥 두고 보리라

희망을 노래하라

세상 고달프고 험악할지라도
희망을 노래하라
세상에 꿈을 심고
나에게도 희망 주노니

벽 앞에 주눅 들지 말고
어렵다 포기하지 마라
나는 할 수 있다 믿어라

붉은 열정 하얗게 불태우면
희망의 길 열리고
불행의 그늘 속에 행복의 양지 있다

내 인생의 주인은 나
부모 탓, 세상 탓하지 말고
의지와 땀으로 개척하라

오늘 사랑하리

눈을 뜨면 새로운 하루
행복 위에 행복을 쌓는 기쁨
나, 언제 떠나도 여한 없는 자유인

오늘이 마지막인 것처럼
넉넉한 마음으로
모두를 사랑하며
알뜰히 아끼며 살리라

사랑하는 가족
푸른 하늘과 꽃과 나무
만나는 모든 사람들
얼마 남지 않은 날 중의 하나
오늘이 마지막인 것처럼 사랑하리

하루를 일생처럼

하루가 쌓여 일생이 되고
하루가 쌓여 운명이 되고
하루가 쌓여 역사가 된다

어제는 오늘을 낳고
오늘은 내일을 낳는다

어제도 내일도 아닌 바로 오늘
내가 서 있는 지금이 그때이다

매사 최선을 다하면
어제의 후회도
내일의 걱정도 없나니

사나이 눈물

아무 때나 울면 사나이가 아니지
아픔과 슬픔 이겨내면
또 다른 길 열리고
꿈꾸는 겨울 싹 봄꽃을 피우듯
어둠 지나면 새벽이 온다

차라리 울려거든
가슴 벅찬 환희의
뜨거운 눈물 흘리거라

너도 모르게 눈물 흘러넘칠 때
죽여왔던 곡소리
광풍처럼 터트려도 좋으리
한 맺힌 가슴 뻥 뚫리는
환희의 눈물 나는 알지
진정 사나이 눈물을

빈 가슴

떠가는 구름, 내 님이런가
흐르는 강물, 나의 인생이런가
스치는 바람, 나의 자취런가

떠나보내는 이 마음
아파라
슬퍼라
아름다워라

쌓였던 미련 비운 자리
마음은 호수이어라
태풍 뒤의 맑은 하늘이어라

여보시게 젊은이

여보시게 젊은이
팔순 늙은이 지팡이 짚고
절룩인다 가여워 말게나

나, 이래 봬도
젊은 날 이룬 성취 추억하며
자식들 극진 효심 누리는
부러운 것 없는
복 많은 늙은이라오

이제 욕망, 번뇌 모두 내려놓고
선학처럼 해탈한 자유인 되어
신선인 양 이미 극락에 살고 있다네

젊은 날 열정과 땀으로
한평생 영광 누렸으니
무슨 여한 있으리오

붉은 황혼 하늘에 매달아 놓고
가진 것에 감사하며
지금 누리는 느긋한 이 행복
사랑하는 가족과 오래 하리라

광안대교

부산의 명당 광안리
사랑 나누며 추억 쌓는 젊음의 광장
저 멀리
균형 잡힌 날개 활짝 펴고
바다 나르는 봉황의 자태 뽐내는
광안대교
밤이면 무지개 조명이 바다 물들이고
불빛은 별처럼 반짝인다

인파로 덮이는 해수욕과 불꽃 축제의 계절
부산 너머 전국으로 세계로
찬가 울려 퍼졌다

부산시민의 자랑
너를 볼 수 있는 곳은 모두 명당이 되고
너를 보는 것으로 위안을 삼는다

샌프란시스코 금문교는 늙었고
너는 젊고 충분히 아름답다
너의 탄생 산파였음에 마음 한쪽 기뻐라

진홍 노을 앞에 서서

붉은 황혼 바라보며
미련도 여한도 없는 나의 삶
참 잘 살았다 말하리

어느덧 금혼 너머 회혼까지 바라보며
알콩달콩 아름다운 이 행복
신선이 부럽지 않도다

겸손과 감사의 마음 가득 담아
천지신명께 감읍하며
두둥실 춤추고 싶어라

2

가족

사모곡 思母曲

내 누이 아홉
내 나이 여섯
내 동생 세 살 되던 섣달 추운 날
나의 어머니 세상 떠나셨다

어린 삼 남매 남겨 놓고
젊고 젊은 나이
불쌍한 울 엄마 억울해서
어떻게 눈 감았을까

상처 입은 어린 가슴
하늘을 향해, 바다를 향해
목 놓아 어머니 외쳐도
텅 빈 하늘에 어머니 보일까
망망 수평선에 엄마 소리 들릴까

어머니 그리며 살아온
아흔 평생
붉은 노을 바라보며
통한의 그 날 잊지 못하네

병석의 울 엄마 학처럼 해맑은 모습
세월이 좀먹어 그 기억 아련해도
아직 내 가슴에 새겨져 있네
엄마의 짙은 향기 온몸을 적신다

섣달 추운 날이면
어머니 그리며 흐느낀다

아비 어미 마음

아해야 날아라
훨훨 날아라
둥지에서 하늘 높이
훨훨 날아라

푸른 창공 높이 높이 치솟아
보지 못한
넓고 넓은 세상을 보렴
그곳이 앞으로 네가 살 곳이란다

너를 낳아 이제껏
아비 어미가 지켰으나
이제는
떠나보내야 할 시간

너 어른 되어
품속에서 새끼 떠나보낼 때
알게 될런가

※ 나루터(2009)

영원히 함께 살자

깊은 밤 뭇별 속에
끌리는 별 하나 있어
그 별 내 별인가
유심히 바라보니

그 옆에 아내 있고
자식 있고
가족들
옹기종기 모여 있네

가슴 뛰던 시절
고독한 세상에
당신 만나
아들딸 낳고
아기자기 행복했네

아해야 험난한 세파 속에
훨훨 날다가
네 한 몸 지치고 외롭거든
언제든 네 자리로 돌아오렴

아끼고 아끼는 우리 가족
저세상 가서도
헤어지지 말고
영원히 함께 살자꾸나

※ 문학도시(2009)

산과 같은 아버지

나의 아버지는
산처럼 과묵하였다
그 과묵 속에
깊고 깊은 자식 사랑 품고 계셨다

나 아비 되어
내 아버지처럼 되고 싶었다
산과 같은 아버지 되고 싶었다

모진 비바람에도 끄떡없고
든든하고 믿음직한 존재

온갖 것 다 받아주고
넉넉하고 관대한
철 따라 옷 갈아입으며 속살도 드러내는
가식 없는 안식처

나는 산을 경외하며
산의 그늘 속에 또 다른 산이 되고 싶었다
어찌, 나 스스로 산이라 말하리

너희들이 그처럼 느낄 때
나, 비로소 산이 되는 것을

세상 철부지들에게 고함

세상 철부지들아
너 어찌 혼자 태어나고
혼자 자라
오늘이 있다 하느냐

네가 있기까지
생명 다해 낳고
정성 모아 길러
오늘의 네가 있는 것임을

한 송이 꽃이 피고
탐스러운 열매 맺기까지
가을 내내 꿈을 쌓으며
겨울 내내 싹을 틔운
진한 사랑과 고통 있었기에
더욱 아름다운 것을

사람다운 사람 그냥 되랴
희생적인 부모 사랑
수많은 인연의 은혜
자신의 각성과 뼈 깎는 노력
어느 하나 빼놓을 수 없지

보랏빛 풋각시

꽃다운 스물넷 당신 만났으나
화들짝 반한 것은
첫아이 산후 스물여섯 때

퇴근길 어느 봄날
매혹의 여인
화사하고 단아한 연보라 선녀 보았으니
내 아내였다

평생 젊은 아내와 사는 눈먼 사람처럼
만고풍상에 귀밑머리 서리 내리고
짙은 진홍 노을 서녘에 져도
내 가슴 깊은 곳에 새겨진
나의 보랏빛 풋각시는
앳된 모습 그대로이다

나, 평생 눈 뜬 봉사로 살며
젊은 풋각시와 함께하리라

※ 아내는 내가 좋아하는 연보라 한복을 자주 입었다.

우리 인연

그대는 어느 별에서 내게로 왔나요
보랏빛 무지개 아지랑이 피는
아름다운 별에서 왔을 거외다
나 보랏빛에 빠진 남정네인 걸 알고
그리는 짝 찾아 먼 길 왔을 거외다

우리 한평생 부부로 살며
가장 기쁠 때는 도라지 꽃밭에서
연보라 치마, 저고리 곱게 단장하고
서로 위로하며 희열 안겨 주었지요

우리 살아온 낡은 사진첩 속에서도
맑은 도라지꽃 향기는
지금도 피어오르고 있답니다

나 어느 날 먼 길 떠날 때는
가슴에 보랏빛 풋각시 안고
보랏빛 무지개 핀 당신의 별 들렀다가
행복했던 걸음걸음 추억하며
외롭지 않게 가리다

금혼식의 다짐

아리따운 나의 신부
반백 년 모진 풍상에도
그대는 여전히 아름답습니다

둘이서 피운 아름다운 꽃
탐스러운 열매 맺고
그 열매 다시 씨앗 되어
아름다운 꽃을 피웠습니다

고락을 함께한 나의 반려자여
세상 살며
지성으로 쏟았던 우리의 정성
임지마다 결실 보았으니
이 세상에 온 보람 아니겠소

바르고 맑게 살아
향기롭고
순리대로 살았으니
우리의 삶 평화롭소이다

멀고 먼 아득한 길
헤치면서 걸어왔네
남은 길도 한걸음 한걸음
세상 끝까지 함께 걸읍시다

공진단

딸이 아비 따로 어미 따로
값비싼 공진단을 두고 갔다

편작도 손 쓸 수 없어
간당간당 숨넘어갈 때
지극 정성 효심에 현몽한
산신령 계시받아
천 년 묵은 산삼 캐어
부모 연명했다는
출중 효심 자식 이야기
구전하는 옛이야기 아니로다

효심 한 알 입에 넣고 우물대며
나도 모르게 눈물 흘리누나
아버님께 못다 한 나의 불효에
회한이 지네
자식들이 다투어 하는 효도에
감격이 지네

자식이 부모를 가르친다
나는 부끄럽다
아버님이 그립다

※ 편작(扁鵲): 고대 중국의 최고 명의
※ 공진단(供辰丹): 만병통치로 통하는 한방 보약

씨알의 소리

담담히 귀 기울여 보라
거기에는
꿈과 희망의 소리가 들린다
인내와 열정의 소리가 들린다
꿈틀거리는 생명의 소리가 들린다

손자 손녀들아
너희들 가슴 속에도
생명의 씨알이 있단다
타고난 품성과 보고 듣고 배우고
느끼고 행동하는 가운데
씨알은 싹튼단다

씨알이 어떻게 자랄지는
너희가 만나고 생각하는
수많은 경험을
어떻게 느끼고 받아들이느냐에 달렸단다
다시 오지 않을 인생
향기롭고 탐스러운 열매 가득한
큰 나무로 키워야 하지 않겠나

사랑하는 손녀에게

너에게 가야금은
초등생 때 입상하며
운명처럼 다가왔지

국악 영재의 산실에서
갈고 닦아
대학교 재학 중에
차세대 유망주로
전국을 휩쓸었지

이 자리 오르기까지 너의 열정
작은 불씨, 큰 들불 되어
활활 타고 있구나

사랑하는 소정아!
"쇠는 달았을 때 두드려라" 했다
승승장구할수록 자만하지 말고
계속 연마하여 강철로 거듭나거라

명인의 길은 험난한 길
너만의 향기 숙성시킬 때
만인이 그 향기에 취하며
비로소 너의 존재 세상이 알리라

고향바다

바다여
내 고향 강구 바다여
네가 그리워
나, 찾아왔네

어미 잃은 어린 가슴
눈물 닦아주고
달래주던 바다
너무 그리워 다시 찾아왔네

슬픔에 울던 아이 감싸 안으며
꿈과 희망과 용기를 심어준
고마운 바다
나의 위대한 어머니였지

언제나 반기는 갈매기 떼
환호하는 파도 소리
변함없는 따뜻한 사랑
너의 넓은 품속에 영원히 잠들리

화목

화목은 사랑, 양보, 희생 위에 피는 꽃
서열, 권위, 자존심 앞세우면 깨진다

불화는 사소한 오해, 하찮은 자존심으로
관대하지 못한 데서 싹트지

작은 틈은 대화가 끊기고
내왕이 없어지고
원망 쌓아 원수 만들지

사람의 마음은
관대할 때는 세상만사 포용해도
옹졸할 때는 바늘 하나 꽂을 틈이 없는 것

나부터 마음 열어라
시시비비 따지면 상처만 깊어진다
먼저 손을 내밀어라

아버지의 고백

아버지 시장, 군수, 중앙의 간부로
전국을 전전하며 영광 누릴 때
가족에게 드리운 고충
황혼길 섶에서 되돌아보노니

어린 나이에 해마다 전학하며
한 곳에 둥지 틀 겨를 없이
친구 사귈 틈도 없이
떠돌이 유랑생활하게 해
이 아버지가 미안하구나

감수성이 예민한 나이에
외로이 두고
곁을 지키지 못해
이 아버지가 미안하구나

그렇게 자주 옮겨 다니는 혼란 속에서
흔들림 없이 훌륭히 자라주어 고맙구나
너희 엄마의 정성이 얼마나 컸을까

공직자의 덕목에 파묻혀
가솔에게 가혹했던
어리석음을 자책하노니

부족한 이 아빠에게
한평생 행복을 안겨준
사랑하는 내 가족
고맙고 고맙구나

효심

정성스레 모은 목돈
엄마 따로, 아빠 따로
연금처럼 입금하면

병원, 식당, 택시 타며
파편처럼 쪼개 쓰네

카드 긁을 때마다
자식 마음 고마워하며

못다 한 내 불효
부끄러워 한숨짓네

3

꽃과 나무와 자연

꽃의 소리

꽃이
그냥
꽃이라

눈으로 보면
아름다움만 보이고

마음으로 보면
말소리도 들린다

가슴에 피는 꽃

흐드러진 벚꽃 터널
허름한 아파트 눈부셔라

거실 가득 꽃향기 채우며
봄 손님 어느새
안방까지 들어 왔네

고단한 아내 가슴에도
벚꽃 활짝 피었는가

그대 환한 미소 속에
모처럼 내 모습 보이니

고적한 여든 가슴
꽃비로 적시누나

※ 고적(孤寂): 외롭고 쓸쓸함

벚꽃

따스한 봄볕 타고
잠시 왔다가
바람 따라
미련 없이 떠나간다

너의 천성 담박하기에
치근대며 살지도 않고
향기 뿜어 유혹도 없이
짧지만 화사하게 살다 간다

너의 바람
춥고 더운 날 피해
꽃 피는 봄날
담박하게 살고 싶어 하니

춥고 더운 고통이 어떤 것인지
이 세상 희로애락이 무엇인지
알 필요도 없다 하며
잠시 잠깐 왔다 가네

메밀꽃 순정

산허리 얕게 뜬 뭉게구름
산들바람에 나부끼는
가냘픈 메밀꽃

연녹색 치마저고리에
하얀 너울 쓴 수줍은 신부런가

때 묻지 않은 산골 처녀
세상 물정 알 바 없는
해맑은 미소

뭇벌의 유혹에도 흔들리지 않고
도시 총각들 으스댐도 부러워하지 않는
순박한 처녀

푸른 하늘 맑은 공기 쐬며
정든 산골에서 그냥 살고 싶어 하네

무궁화꽃이 피었습니다

찌는 무더위 물러난 자리
청신한 바람 타고 무궁화 피었다
해맑은 모습으로
방방곡곡 무궁화꽃이 피었습니다

번영의 상징 나리꽃답게
윤기 나는 자줏빛
환한 얼굴에 오뚝한 코
사해(四海)에 민족정기 뻗는다

검소하고 담담한 겸손함
세찬 바람 이겨낸 의연한 자태
민족의 혼이다
민족의 자긍심이다

백두, 한라 영봉에 피고
동해 외딴섬 독도에 피고
우리 민족 가슴에도
활짝 피어나라

나, 나목裸木되어

삼라만상 잠에서 깨는 날
연녹색 옷 갈아입고
새봄 알리리라

무더운 여름
뭇새, 매미 소리 장단 맞춰 노닐며
무성한 잎 길러내어 쉬어가는 그늘 되리라

짙은 가을 천자만홍(千紫萬紅) 색동옷 갈아입을 때
나 또한 연지곤지 곱게 단장하고
먼 길 떠날 준비 하련다

모진 겨울 앞두고 입었던 옷 모두 벗어
추위에 떨지 않게 겹겹이 덮어주고
내 머리 위 까치집 지어 편히 살게 보시하리라

나, 나목 되어
적막한 곳 구도의 길 떠났다가
새봄 다시 오는 날 큰 깨침으로 돌아오리라

※ 현대시선(2007년 가을호) 신인 작품상 당선(대상 수상)

목련을 기다리며

만삭의 임부처럼
꽃망울 터질 듯 부풀었다
당장 외투를 비집고
얼굴을 내밀 기세다

지금은 때가 아니다
나 역시 너 그리워하나
조금만 더 참아야 한다

심술궂은 동장군이
오락가락하고 있어
차갑고 모진 밤이면
여리디여린 너의 속살
얼까 애처롭다

※ 전국문학인 꽃축제 우수상 수상작(2016)

목련 사랑

겨울 떠나가고
새봄 올 제면
가슴 두근거리며
그대를 기다린다

긴긴 겨울 그리운 님 가슴 깊이 품고
사랑을 잉태한 무거운 몸 부풀리며
이른 봄 설렘으로 만나는 희열

깊은 정분 나눌 겨를도 없이
잠시 피었다 미련 없이 지는 목련
차가운 땅바닥에 누운
소복 단장한 슬픈 그대 모습
여든 가슴 눈물짓게 하는구나

코스모스

그대의
목이 길고 가냘픈 여린 모습
앳되고 청순한 처녀인가 보오

그대의
벗을 것도 입을 것도 없는 정갈한 모습
속살 비치는 첫날 밤 신부인가 보오

그대의
다소곳한 미소, 귀티 나는 환한 얼굴
지체 높은 가문의 귀부인인가 보오

갈바람에 한들한들 그대 있어
높푸른 하늘 더 아름답고
풍성한 오곡백과 향기롭구나

매화의 지조

눈 속에 피는 매화
눈이 이불인가 보다
지난밤은 이불이 되어줄
눈도 없는 깡마른 맹추위
너는 살아남았구나

아침햇살 온몸 받으며
뽀얀 얼굴로 미소 짓는 너
아름답기 전에 애처롭다
따뜻한 품속에 안아주고파라

동장군 심술에 견디기 어렵거늘
너는 끝내 굴복하지 않았네
모진 추위에도
지조를 팔지 않은 매화
너의 순결 아름답구나

의연한 자존

꽃들은
서로 다투거나 시샘하지 않는다
화사한 장미는 밝은 미소를 자랑하고
목이 긴 코스모스는 날씬 몸매를 자랑한다
담장 밑 앉은뱅이는 아담한 맵시를 뽐낸다

자기 개성과 꿈을 품고
자기 빛깔과 향기 뿜으며
남을 흉내 내거나 탐하지 않는다

탄생의 깊은 비밀
자란 환경 모두 다르기에
꾸밈없는 제 모습 그대로
존귀하고 아름다운 것을 …

※ 동래문예 2018 제19호

숲은 모태

나무마다 개성 죽이고
어깨동무하며 어울려 사는
평화가 깃든 성지

고요한 안개 속에
정적 더 깊게 하는
맑은 산새의 지저귐

신선이 명상하고 노닐며
차 끓이는 소리

맑은 향기 이슬 속에
병든 심신 되살리는 편작

인간의 고향, 모태의 포근함
세상 무거운 짐 다 벗고
지친 삶 위로받는 낙원
그곳 이름 숲이라

※ 포은 정몽주의 '차시(茶詩)'에서 숲속의 바람 소리를
차 끓는 소리로 인용하고 있다.

맨얼굴에 무명옷 입은 귀부인이여

-한라산 억새밭을 회상하며

꽃잎인지 수술인지 구별할 수 없는 억새
맨얼굴에 무명옷 입은 귀부인 자태로다

황금빛 저녁노을 감싼 억새의 바다
장엄한 한라산 뒤로
시시각각 변하는 저녁노을 조명 삼아
바람결에 나부끼며 천의 얼굴로 미소 짓네

땅끝 마라도 푸른 바다 바라보며
윤기 나는 머리 풀고 소복 단장한 여인이여
그대의 고결하고 아름다운 자태에
혼을 빼앗긴 남정네, 시샘하는 여인 얼마더냐

나만이 사모코자 하나 그대는 만인의 연인
바다 같은 한라산 억새밭 속에
내 찌든 영혼 깊숙이 묻어두고
고운님 얼싸안고 노래하고 춤추며 평생 살고 지고

내 가슴속 깊이 박힌 그대의 아리따운 모습 찾아
지금도 그 자리에서 나를 기다리는지
황혼빛 짙은 늦가을 오는 날
한걸음에 나 달려가리다

※ 현대시선(2007 가을호) 신인 작품 당선(대상 수상)

한라산 억새의 추억

황혼빛 짙은 가을 올 제면
한라산 품에 안겨
바람에 나부끼는
그대가 그립구나

나, 젊은 날
윤기 나는 머리 풀고
소복 단장한 그대에게
넋을 빼앗긴 아름다운 추억
어찌 잊으리까

늦가을 붉은 노을 지면
그대 보고파 한걸음에 가고파도
그리는 마음만 간절할 뿐
다리 무거워 갈 수 없으니
유수 같은 세월이 애달프구나

이 가을 왜 쓸쓸한가

뻥 뚫린 높은 하늘 때문인가
정처 없이 떠가는 구름 때문인가
바람에 흩날리는 낙엽 때문인가

아닐 거야
종착역 눈앞에 두고
아련한 지난 세월의 서러움이겠지

화사한 아기단풍 손짓하고
내 사랑 코스모스 나를 유혹해도
서러운 이 마음 달래지 못하누나

세상은 돌고 도는 것

낮에는 폭염
밤에는 열대야
위풍당당 여름 장군
너의 위세 알겠다만

세상은 돌고 도는 것
가을 전령이
새벽 문틈으로
소식 전하노니

서산 너머에는 성큼성큼
좋은 세상 오고 있으니
주눅 들지 말고
조금만 견디라 시네

가을의 자성 自省

자기만의 빛깔로
자기만의 향기로
자기만의 맛으로

정성스레 가꾼 자식
출가시키듯 내놓는
윤기 나는 오곡백과

우아한 가을꽃들도
꽃보다 아름다운 단풍도
높푸른 하늘 뭉게구름까지

풍성하고 아름다운 이 가을
내가 남긴 것은 무엇인지
내 걸어온 길 성찰하며
허술한 곳 지금이라도 채워가리

※ 자성: 자기 스스로 반성

무술戊戌의 여름

폭염 역사를 깬 미증유의 더위
더움을 넘어 뜨거웠고
뜨거움을 넘어 불탔다 말하리

사람도 죽어가고
가축도, 양어장도, 농작물도
떼죽음의 대재앙이로다

인간에게 내린 자연의 응징
누구의 잘못인가?
모두가 저지른 것이기에
탓할 것을 찾기 전
자신을 되돌아봐야 하리니

자연을 헤쳐 온 인간의 교만
자성하고, 겸손하고, 경외하라
어김없는 대자연, 더 큰 재앙으로
종말의 심판 앞에
"환경이 생명"임을 각성할지어다

※ 동래문예(2018 제19호)

미세먼지

대자연의 본성은 순수하여
물, 공기, 하늘, 바다 모두 다
맑고 깨끗하려는 자정력이 있다

인간 편익에 탐닉한
과도한 문명개발은
자연의 자정력 파괴로
복원에 값비싼 대가를 치르고
대재앙을 부른다

인간이 추구하는 문명이
인간의 모태인 자연을 파괴하는
어리석은 모습

미세먼지 근복대책은
공짜인 자연을 가장 아끼는 것
자연의 자정력을 살리는 것
개발에 앞서 자연을 먼저 생각하는 것

자정과 균형으로 유지되는
오묘한 대자연을 경외하라
미세먼지가 대재앙의
징후일 수 있음을 경계하자

※ 동래문예(2019 제20호)

코로나19

예고 없이, 거침없이, 총칼 없이
단숨에 오대양 육대주를 집어삼킨 코로나

인간은 한낱 풀잎
세계는 인적 없는 유령도시
세상을 멈춘
소리 없는 원자폭탄

늘어가는 죽음들
막을 길 어디인가
그 끝은 어디인가
모두가 지쳐간다

자연을 마구 해친 대가인가
기후변화, 자연 재난, 괴질…
계속되는 경고에도 오만했음이리라

4

그리움

사랑

설렘
첫눈에 가슴이 쿵
보고 있어도 보고 싶은
잠 못 이루는 나날의 감정

사랑
황홀경 무아경에 마비되는 이성
아끼고 존중하며
주어도 주어도 아깝지 않은 사이

그리움
눈에서 멀어져도 애절한 마음
보고 싶고 간절하고
아프고 슬픈 것

설렘으로 사랑을 만났고
사랑으로 그리움을 알았다

사랑하기 위해

단 한 번의 인생
사랑하기 위해 태어났노라
잠시 머물다 가는 세상
사랑하기에도 짧은 인생이라오

닫힌 마음 활짝 열고
아름답게 살다 가세나
때로 갖은 역경이 가로막아도
사랑의 꿈 부여잡고
사랑의 열정으로 헤쳐나가세

작은 사랑 하나
진정함으로 굴려
커다란 눈사람 같은 사랑으로 키우면
어떤 고통도 버틸 수 있다오

사랑은

내가 희생하는 거라오

내가 먼저 양보하는 거라오

너그러운 마음으로 이해하는 거라오

님 그리며

청순한 그대 닮은
해맑은 목련이 피었습니다
그리운 그대여
목련이 지기 전에
꽃바람 가마 타고
나비처럼 오소서

우리 뛰놀던 뒷동산에
아지랑이 피었습니다
아롱아롱 그대의 모습
나를 손짓합니다

뭇새 지저귀고
꽃무리 다투어 피건만
허전한 가슴 메워줄
그대 없는 이 봄
봄이 아닙니다

밤비

고요히 내리는 밤비
창밖 소음 잦아들고
들뜬 마음 잠재운다

밤비 내리는 창밖
그리운 님 발걸음 소리런가
설레는 가슴 안고
인생 여정 주마등처럼 스치네

긴 회한 잠재우는 밤빗소리
적막한 심연으로 인도하네
아련한 지난날 그리워지네

들꽃 인생

잡초 우거진 벌판
한 송이 들꽃으로 피어
벌, 나비 내 님 만나
사랑을 잉태하였네

모진 겨울 이겨내고
아지랑이 타고 나부끼다
어느새
쓸쓸히 지는 날

흐느낌 멀리하고
미련 없이 가야 하네
아끼고 사랑한 저들을
내 어이할꼬

물오른 꽃대 말라
자취마저 사라져도
진한 사랑의 영혼
그 자리에 맴돈다

달님

활짝 웃는 보름달
근심 탐욕 다 떨친
해탈하신 부처님 얼굴

구름 사이 비친 달
문틈 사이 내민 신부의 자태
사랑에 겨운 수줍은 얼굴

구름 위 두둥실 떠가는 달
선녀의 애절한 몸부림
지상의 나무꾼 잊지 못하나

구름 속에 숨은 달
풍진 세상 한탄하시나
병든 지구 걱정하시나

구중궁궐

좁다란 가슴 속에는
요지경 같은
수많은 방이 있나 봅니다

누군가 열렬히 사랑하는 방
귀한 님 고이 모시는 구중궁궐
찾는 이 마다치 않는 무덤덤한 방
안방에 들이지 않는 문간방

나, 지금 그대의 어느 방에 있나이까?
구중궁궐에서 쫓겨나 문간방에 있나이까?
구중궁궐에 들어가 본 적은 있었나이까?

문간방에 오래 머물지는 않을 겁니다
열리지 않는 안방 문 바라보지도 않을 겁니다
가벼운 행장으로 먼 길 떠날 겁니다

※ 문학도시(2011)

눈은 마음의 창

얼굴은 천 냥, 눈은 구백 냥

별처럼 반짝이는 영롱한 눈
사슴처럼 선하디선한 눈
호수처럼 풍덩 빠지고 싶은 눈

맑고 고운 눈에서
해맑은 영혼
아름다운 마음
고귀한 품성을 보았네

눈은 마음의 창

생명 넘치는 따뜻한 눈에
대자대비 보살의 자비 담겼네
범접할 수 없는 기품
스치듯 만난 그 사람 생각나네

키다리 아저씨

가을은
깊이 잠든 추억을 소환합니다
이름도 나이도 모습도 흐릿한
먼 기억 한 편의 소녀
오십 대 후반, 할머니 되었을지 모를
그 소녀를 기억합니다

어느 하늘 아래 사는지
슬하에 아이는 두었는지
지금 행복한지 궁금합니다

30여 년 전
서울 변두리 중국 식당에서 만난 소녀
젖비린내 가시지 않은 어린 소녀

이리 떼 우글대는 황야
사향노루 같은 가냘픈 소녀
너는 아름답기에 더 위험했단다

어머니에게로 안전한 귀향을 도와준
키다리 아저씨를 기억하는가
황혼길 섶에서 아련한 그 날을 추억하며
이름 모를 그 소녀, 행복하길 기원합니다

그리운 친구

그리운 친구들
잘 있는가

내 사는 곳은
이른 봄 목련은 지고
화사한 벚꽃 활짝 피었다
꽃잎 눈보라처럼 바람에 휘날리네

우리 젊은 날
내무부에서 만나
희망과 꿈에 부풀어
고향 땅 지방 장관 되자고
결의 다졌지

나는 부산에서
이공(李公)은 경북에서
한공(韓公)은 대구에서
같은 시대 다른 지역 책임자로
푸른 꿈 이뤘나니

어언 서른 해
속절없이 세월은 흘러
오늘 창밖의 뭉게구름
우연히 바라보다
하늘에 어린 그대들 보았다네

한창 일할 나이 애석하게 떠난
그리운 내 친구들아
아프지는 않은지
외롭지는 않은지
내 생각도 하는지
궁금할세

가을 편지

여름 가며
겨울 오며
스치는 길목

푸른 하늘 따가운 햇볕
오곡백과 영글고
울긋불긋 물들인 산야
찬미의 노래 끝나기도 전에
어느새 낙엽 눈물처럼 떨어지네
스산한 이 마음
가을비에 젖누나

친구야!
나, 무거운 다리로 집주변 맴돌며
먼데 벗들 만날 기약 없으니
이것이 황혼길 인생인가 보다

떠가는 구름아
너 가는 곳 어디메뇨
떠나간 내 친구 만나거든
편지 좀 전해주오
간절한 이 그리움을

5

어떻게 살 것인가

천둥소리

나이 짙어지면
눈 감고, 귀 막고
죽은 듯 살라지만

나라가 위기에
민생이 도탄에 빠지는데
어떻게 죽은 듯 살리

답답한 마음
속으로 다스리며
죽은 듯 살려 해도

어떻게 이룬 조국인데
어떻게 살아온 인생인데
그리 살지는 못할래라

이 세상 질책하는 천둥소리로
잠자는 양심
흔들어 깨워야지

껍데기는 가라

모든 것은 오직 마음이 만든다
마음 없는 나는 빈껍데기

맑은 영혼은 본래 나의 것
그대, 탐욕과 자만에 빠져
빈껍데기로 사는가
화려한 껍데기 덧씌울수록 추악하고
본래의 내 것 퇴색한다

한 번뿐인 나의 인생
껍데기에 연연하지 마라
본래의 내 것 알맹이 살찌워
온전한 삶 되찾아라

마음이 모든 것

가난 속에도 행복 있기에
돈이 행복의 잣대 아니라오

꿈을 꾸는 사람은
고난을 희망으로 바꿔
즐거움 속에 밝게 살고

꿈이 없는 사람은
험난한 세파에 겁먹고
허우적거리다 절망한다오

행복을 부르면 행복이 대답하고
불행을 부르면 불행이 대답한다네
불행할수록 행복을 노래하라

모진 겨울 버티고
봄을 꿈꾸며
견실한 꿈의 씨앗을 남겨라

양심

하늘을 속이고
땅을 속여도
속일 수 없는 것 있으니
자기 자신

가려도 가려지지 않고
타협 되지 않는
준엄한 잣대
양심

양심 있는 사람
양심 없는 동물
동물 같은 사람 있으니
그래서 사회는 불행하다

양심 없는 동물 같은 사람

배척해야

나라가 번창하고

모두가 희망 속에 산다

마음을 활짝 열자

마음이 답답하면
창문 열 듯 활짝 열어 봐
맑은 공기 찌든 마음 씻어주고
밝은 햇살 우울한 마음 다독인다

닫힌 마음 활짝 열면
너는 나에게로 오고
나는 너에게로 가고
얽힌 오해 모두 풀려
너와 나 하나가 되지

따뜻한 정 오고 갈 때
그늘진 음지에 햇볕 들어
옹졸한 마음에 행복의 꽃이 피고
시들은 몸도 되살아나지

※ 나루터(2019 제15호)

비우고 다시 채워라

젊은 시절
채우고 채우는 것을
행복으로 알다
늙어가며
치열한 삶에 지친 노 병사가
무거운 갑옷을 벗는 것처럼
비우는 것이 행복임을 깨닫는다

비운 자리
빈 껍질로 두지 마라
남을 위해
후손을 위해
사랑과 배려를 채워라
삶의 지혜와 귀중한 경험을 채워라
그것이 영원히 이어갈
새 생명의 씨앗을 남기는 것이다

※ 나루터(2018 제14호)

함께 살기에

나를 죽이란다
모두를 생각하며
나를 죽이란다

모두를 보지 못하고
내 고집대로
내 성정대로 살아간다면

모두가 나를 싫어할 거야
모두가 나를 믿지 못할 거야
모두가 나를 떠날 거야

밝은 이성으로 세상을 바라보고
역지사지로 관용하라
그것이 나도 살고
모두가 행복한 길이다

※ 나루터(2018 제14호)

화목한 사회

살기 어렵다 하여
부모 원망하거나
세상 탓하지 마라
세상 따라가지 못하는
자신을 원망하라

내 가는 길 가로막는
절벽에 주눅 들지 마라
내 의지 확고하면
못 오를 산이 없고
못 건널 강이 없다

절벽 너머에는 평야가 있다
더 높이 오를수록 겸손하고
경험, 지혜 후손에 전하면
뒷사람에게 은혜 베풀어
화목한 사회 된다

험난한 인생길

인생에 왕도(王道)는 없다
의지, 땀, 열정이 답일 뿐

바로 가는 길
빠른 길로 보여도
둘러 가는 길이
빠를 때도 있다
믿음과 경험 쌓는 길은
둘러 가도
빨리 가는 길

가는 길 바빠
허술한 길 들어서면
왔던 길 되돌아보고
다시 일어서 걸어라
다시 일어서지 않으면
실패로 남을 뿐

눈앞의 편한 길
현혹되지 마라
가는 길 멀고 높다면
물방울이 바위 뚫듯
무수히 도전하라
의지와 열정으로

의지

이성을 가진 자
누구나 꿈꾼다
이루려는 의지 없는 꿈은
헛꿈
의지 있다면
꿈은 반드시 이루어지니

청춘아! 꿈꿔라
세상 탓, 부모 탓
하지 말고
의지 없음을 한탄하라

시간의 가치

금수저로 흙수저로
태어나고 자란 환경 다 달라도
주어진 시간만은 공평하다

시간의 성패는 인생의 성패
시간을 살리는 자
희망의 부푼 꿈꾸며
성공의 길 승승장구하고

시간을 죽이는 자
놀고먹으며 허송세월하다
실패의 무덤 헤맨다

한 시간을 쪼개 두 시간으로 아껴 쓰면
백 세 인생 이백 세 성과 이루노니
시간의 가치 사람마다 천차만별

화평

열심히 살다 보면
번뇌도 잊고 산다

사랑으로 살다 보면
모든 것이 아름답다

이해하며 살다 보면
모두가 벗이 된다

꿈이 살아있는 한
열정은 식지 않는다

모든 것을 버릴 때
마음에 화평이 온다

순간의 선택

순간은 번개처럼 점으로 나타나고
순간은 유성처럼 선으로 스쳐 가나니

잠시 같은 촌음
가벼이 여기지 마라
순간의 선택이 일생을 결정하기에
그 순간을 위해 정성을 쏟아야 하리

깨어 대비하는 자는
순간의 등에 올라타 함께 달려가고
멍하니 사는 인생은
순간이 오고 감을 알지도 못하나니

제 빛깔을 내라

제 빛깔을 내라
부처도 죽이고, 예수도 죽이고
남이 한 말, 남이 쓴 글에 맹종하지 말고
자기 생각을 말하라

그것이 창의이고 새로운 발전이다
객관 속에 주관이 살아있을 때
자기 존재가 빛난다

자기 말을 못 한다면
자기 인생은 없는 것이다
세상에는 말과 글로 전하지 못할 것
너무 많다

TV 속 생활의 달인처럼
누적된 경험과 신념으로
진정한 나의 것을 찾아라

열정

꿈이 클수록 차분하라
지금 하는 일에 열정을 쏟아라
그 하나 이루면 또 하나의 기회가 온다

열정과 믿음으로 다진 터전에는
하나가 둘 되고, 둘이 열 되는
번창의 꽃이 핀다

가는 길 험난해도
절대 포기하지 마라
열정으로 이기지 못할 시련은 없다

설령 실패했더라도
영원히 날지 못할
날개 꺾인 새가 되지 마라

스스로 실패의 원인 찾고
극복의 의지 불태워
실패는 성공의 어머니임을 증명하라

마음의 눈

눈머는 것보다
마음 머는 것이
더 슬픈 일

눈머는 것은
나의 고통이나
마음 머는 것은
사회 불행의 씨앗이라

따뜻함이 사라진
거칠고 차가운 사회에
어느새 질시와 반목이 자리 잡는다

남을 생각하는
마음 열린 사회에
융화와 안정이 자란다

한 번뿐인 인생

한 번 왔다 가는 인생
후회 없이 살아야지
헛되이 살기에는 너무 귀한 인생

오고 감을 알 수 없기에
오늘이 마지막 날인 것처럼 살고
내일이 새 인생인 것처럼 맞아라

허물은 천 년을 가고
공덕의 향기는 만 리에 전한다

나에게 주어진 신의 허락
감사하며 살리라
은혜롭게 살리라
정직, 성실히 살리라

물처럼 살리라

높은 곳에서 낮은 곳으로 물 흐르듯
순리대로 살리라

구석구석 발걸음 닿지 않는 외진 곳까지
보살피며 살리라

목마른 세상 만상 촉촉이 적셔
새 생명 태어나게 위대한 꿈 꾸리라

계곡에 이르면 황진이 시조 따라
춤추고 노래하며 흥겹게 살다가

깊은 곳에서는 고요히 자숙하며
아무 소리 없이 살리라

호수에 다다르면 왔던 길 되돌아보며
묵언 기도 증진하고

절벽에 이르면 내 한 몸 부서
그동안 쌓인 한 단숨에 풀리라

바다에 이르면 세계만방의 친구들
서로 만나 어깨동무하며

오대양 육대주 이어주며
넓고 넓은 세상 자유로이 넘나들다가

또다시 구름 되어 새롭게 태어나는 날
전생의 모든 회한 잊고 다시 시작하리라

늙은이 마음가짐

평균수명 넘겼으면
생사에 집착 말라 시네

팔순 넘으면 아픈 추억은 잦아들고
황홀한 추억은 영롱 하나니
탐욕 비우고 마음을 편케 하라 시네

나의 시대는 이미 지났거늘
자식, 손자 걱정에 앞서
자식 짐 되지 않게 하라 시네

마음은 요지경
즐겁다 생각하면
세상 모든 것이 아름답고
모든 사람은 친구가 되지

늙은이에게 고함

늙음은 벼슬이 아닙니다
늙음은 특권이 아닙니다
품격 없이 대우받기를 바라면
미움만 산답니다

존경받는 어른이 되려면
지혜의 샘 더 길게 파고
밝은 얼굴로 정중히 언행 하며
욕심은 비우고 따뜻한 마음 채워
모두를 생각하라 시네

여든 중반 이르니
옹색했던 마음
넓고 깊어져
집요했던 근심 걱정
세월의 그늘과 추억 속에 묻히더이다

세상에 고함

몸이 쇠하고 기억이 흐려진다고
영광스러웠던 시절 지났다고
퇴역하고 황혼을 맞았다고
껍데기로 산다 한탄 말게나
늙음은 알맹이 없는 빈 껍질 아니라오

평생 가족 위해 정성 쏟으며
나라 위해 헌신하며
깊은 경륜의 보고로
샘솟는 지혜의 우물로
겹겹이 쌓은 지식의 탑으로
관대한 사랑의 보금자리로
가득 채웠나이다

노인 하나 세상 떠나면
도서관 하나가 불탄다 했던가
그 긍지 부끄럽지 않게
무거운 짐 벗은 자리 사랑과 배려 채우며
하루하루 의미 있게 살아가세

6

나라 사랑

가슴에 칼을 품자

수탈과 치욕의 우리 역사 왜 되풀이하나
여린 가슴에 시퍼런 칼 품지 못하고
자만에 빠진 어리석음이여

나라 이익 외면하고, 집단 이익에 빠져
분열, 갈등, 파벌 조성하는 망국 행위
국민이 엄중 심판해야 한다

나를 죽여 나라와 미래를 생각하자

울분의 역사 거울삼아
극복의 길 함께 노래하며
그 다짐 가슴마다 새길 때
우리의 아픔 서로 위로받고
하나로 뭉치게 되는 것임을
미래의 힘 만드는 것임을 기억하자

엇나는 정치

어매! 왜 나를 낳았어요
어머니를 원망하는 말이 아니다
효도 하고픈 간절한 자책의 한탄이다

대의(大義)를 저버린 넌더리 나는 정치
민초들은 분노한다

광명천지
어머니 같은 조국의 앞길을
정치라는 가면 쓰고 방해하는 자
천도(天道)를 어기는 불효자다

거울 같은 역사 속에 효불효는
감춰지지 않는 영원한 증거
후세 씻지 못할 오명 남기지 마라

어머니를 외치며 죽어간
선열들이 그립다
선열들에게 부끄럽다

민심은 천심

민심은 하늘처럼
항상 푸르고 넓고
무거울 것 같아도

봄날 민들레처럼
작은 바람에도
어디든 날아간다네

천도무친(天道無親)
하늘은 친한 것이 없고
언제나 공정함을 명심하라

내 발자취 되돌아보며
잘못된 길은 스스럼없이 바로잡아야
나라에 유익하고
민심이 평온하다네

한평생 살다 보니

가난과 외로움 속에 절망했을 때도 있었지
끓는 열정으로 성공의 장벽 넘었지
화사한 봄날을 맞으며
아름다운 가을을 떠나보내며
시 쓰고 노래 부르며 춤도 추었지

나, 이제 아름다운 추억 속에
나날이 즐겁고 행복하거늘

꿈과 희망 넘쳐야 할 우리의 젊음들
길을 잃고 절망과 불안 속에 헤매니
나라 위해 바친 나의 한평생
허무하고 가슴 아리누나

일어나라 청춘아!
내일도 해는 뜬다
열정이 식지 않는 한
희망의 꽃은 반드시 핀다

지상의 천사를 만났네

천성 아동재활원에서 만난
지상의 천사

부모마저 내다 버린 핏덩이
그 생명 구하고자
밤새워 품속에 안고
젖 먹이는 벽안의 천사
아직 미혼의 어린 소녀

하늘에서 온 천사런가
그대의 삶의 가치는 무엇이더냐
돈도 명예도 아닌 숭고한 인간 사랑

나는 너무 부끄러웠다
나는 너무 왜소했다
나는 뒤늦게 깊은 잠에서 깨었구나
가치 있는 삶은 허망한 욕망 버리는 거라고

※ 1980년 영도구청장 재임 시 영도 천성 아동재활원에서

적십자 천사에게 띄우는 편지

모두가 외면하는
아픔 가득한 언덕배기 누추한 곳
굶주리며
추위에 떨며
외로움에 몸서리치는
같은 하늘 아래 우리 형제

내 부모처럼
내 자식처럼
가슴 가득 따뜻한 사랑으로 보살펴
봄날 아지랑이같이
새 생명 일깨우시는 천사님

내 인생에
적십자회장 영광의 여섯 해
더 넓고 아름다운 세상 보았나이다
나 죽는 그 날까지, 그 후에도
'영원한 적십자인'임을 어찌 잊으리까

7

미소 지으며 가리

세월의 강

세월의 강은
수많은 사연 담고
굽이굽이 바다로 흐른다

나, 젊은 날 콸콸 힘찼던 강은
이미 바다에 이르렀고
지금 나의 강은
어눌한 소리로
무거운 다리로
강 언저리에 맴돌고 있구나

세월의 강은 오늘도
새로운 사연 담고
쉼 없이 바다로 흐른다

녹슨 인생아!
따라가기 힘들거든
세월의 언저리에서 쉬엄쉬엄
쉬었다 가려무나

행복은 너울 같은 것

행복과 불행은 너울 같은 것
행복할 때도 조심조심
불행할 때도 조심조심
호들갑 떨지 말고 경건하라

행복과 불행은
구름 사이 햇볕 같은 것
스쳐 가는 바람 같은 것
행복할 때 지켜라

화평한 가정
아차 하는 순간
검은 구름 덮치지 않게
지뢰밭 걷듯 조심하며
경건한 마음으로 살아야 하리

눈물이 나네요

높푸른 하늘 떠가는 구름만 봐도
눈물이 나네요

스산한 바람에 뒹구는 낙엽만 봐도
눈물이 나네요

가슴 울리는 노래만 들어도
눈물이 나네요

험난한 세파 마주하며
아등바등 사는 자손 애처로워
나도 모르게 눈물이 나네요

나이 들어 흘리는 눈물은
슬퍼서가 아니라
긴긴 인생길 돌아와
여유로운 일상에서 만난
행복에 겨운 눈물인 것을

매정한 세월

꽃 떨어지니 어느새
봄이 떠나고 있구나
세월아 거기 섰거라
나 아직 봄 향기에 취하지
못했거늘

오고 감이 네 뜻 아닐지라도
너의 뒷모습 바라보는
허망한 이내 마음 본체만체

매정한 너, 정 갈 테면 가거라
난 또 다른 계절 만나
시 읊고 노래하며
쉬엄쉬엄 쉬었다 가려네

내 곁에 온 거북이

비호같았던 내 다리
점점 느려지더니
이제 모래주머니를 찼다

사슴처럼 뛰는 아이들 보면
어이쿠! 피하기 바쁘다
부딪히면 대형사고

발 빠른 토끼는 내 곁을 떠났다
지금 내 곁에는 어느새 거북이가 와 있다
그래도 느릿느릿
가고 싶은 곳 갈 수 있으니
얼마나 고마우냐
아흔 바라보는 나이
내 삶 한껏 누렸으니
억울할 것도 없다네

무애 無碍

내 영혼 깃털 되어
바람 따라 하늘 높이 나르고
강물 따라 바다로 흐른다

나를 닦달했던
무더운 욕망, 번뇌 잦아들고
그 자리에 사랑 안개처럼 깃들었다

수많은 인연 하나, 둘 떠나가도
외롭지도, 서럽지도 않다
아무런 여한도 미련도 없이
무애한 삶에 감사하며
입은 은혜 갚지 못한 것을
부끄러워할 뿐이다

※ 무애한 삶: 막히거나 거침이 없는 삶

바람아

너는 어디서 왔다 어디로 가느냐
인생 또한 온 곳도 갈 곳도 모르는
스치는 바람인 것을

너 가는 곳 하늘이든 바다든
따라가고파도

폭풍우 가슴에 안고 숨 가쁘게
산 넘고 강 건너 겨우 닿은 호반
선학 벗하며 쉬었다 가련다

내 사랑하는 가족 그리워
아직은 못 가겠네

고생 끝에 간신히 일군 행복
억울해서 못 가겠네

한번 가면 못 올 길
세상 구경 더 하다 천천히 가리라

최후 승리자

큰 재벌
큰 벼슬
큰 학자
모두 인생의 승리자일까?

최후 승리자는
붉은 노을 마주하여 지난 삶 보람 느끼며
모진 병에 시달리지 않고 환한 얼굴로
미소 지으며 이 세상 떠나는 사람이다

그 사람은
지난 삶에 미련과 여한이 없는 사람이다
지금 삶에 근심, 걱정 없는 사람이다
탐욕 비운 자리, 사랑과 배려 채워가는 사람이다
자식의 지극 효심과 가정이 화평한 사람이다

나
삶의 속박에서 해탈한 자유로운 영혼
신선인 양 생각하며
겸허히 살다 가리

나, 가리라

나, 간다네
밤하늘 반짝이는 나의 별
영원한 내 집 찾아
미련 없이
나는 가리라

이 세상 잠시 머물며 맺은
수많은 인연 남겨두고
고맙다 인사할 겨를도 없이
훌훌 떠나리

앞서거니 뒤서거니
누구나 가야만 하는 길
무거운 육신 이 땅에 묻어두고
홀가분한 영혼되어 별나라로 가리라

아버님 어머님 계시는 곳
원래 내 자리로 돌아가리라
이 세상 열심히 행복하게 살다
가는 곳마다 자취 남기고 왔노라 전하리

통천문 通天門

-하늘로 통하는 문

이승과 저승 경계 통천문
고비고비 고갯길 넘어
통천문에 이르는 아득한 계단

험난한 고갯길은 나 젊은 날
꿈을 향해 넘었던 시련의 길
이제 무거운 짐 내려놓고
미련도 여한도 없이
지나온 삶 회개하며
두 손 모으고 계단 앞에 서 있다

통천문 너머 저승에
이미 양지바른 집 마련해 두었고
통천문 쉬이 넘게
연명치료 장애물 제거하였으니
자식들 마련한 비단옷 치장하고
고요히 미소 지으며 가리라

나, 홀가분한 자유인 되어
지나온 걸음걸음 벅찬 보람 속에
오늘도 눈부신 아침 태양 바라보며
은혜로운 새 아침을 맞는다

※ 통천문: 중국에 있는 유적지

나, 떠나거든

나의 영원한 앳된 아내
보랏빛 풋각시 가슴에 안은 채
떠나갔다 하소서

험난한 세파 넘고 넘는
사랑하는 가족 애달파 하며
떠나갔다 하소서

나, 시 읊고 노래하던
달과 별, 산과 바다, 꽃과 나무
자연과의 이별 서러워하며
떠나갔다 하소서

나를 아껴준 모든 분께 감사드리며
영원한 채무자임을 부끄러워하며
떠나갔다 하소서

아름다운 이 세상에 와
미련 없이 살다
행복에 겨워하며 환한 얼굴로
떠나갔다 하소서

내 머물 곳

부산시립 추모공원 양지바른 곳
영원히 편히 잠들 내 집 마련하니
언제 떠나도 여유롭고 편안하다

사람의 욕심
살아서도 고대광실
죽어서도 고대광실 바라나

한 평 반 좁은 땅에
오손도손 열두 가족 함께 살며
저승에서도 외롭지 않게
수많은 시민 봉황 나래처럼 이웃하니
자자손손 번창의 땅
명당 중 명당이 내 집이로세

아직 나에게

의지와 열정으로 일군 꿈
고달프고 아팠던 기억도
황홀했던 추억도
짙은 노을 속에 묻혔다

아직도 나에게 남은 것은
나를 도와준 수많은 인연의 은혜
애틋한 그리움으로 남아있는 아름다운 사연들
이제 이름도 모습도 흐려져
진홍 노을 속에 흩어지네

다 누리고 다 가진 해탈한 자유인
이 세상 경험 다 하고
세상만사 다 느끼면서
시 읊고 노래 부르며
포근한 가족 둥지에서
고요히 잠을 청하고 있네

내 인생 자랑합니다

나의 의지와 노력으로
흙수저에서 금수저 일궜으니
내 인생 칭찬하고 싶습니다

백 번 넘어져도 백 번 일어선
열정을 불태운 삶
내 인생 자랑하고 싶습니다

돈방석을 전전하며
땅 한 평 사지 않는 맑은 삶
내 인생 향기로 배어 있습니다

하늘을 봐도
땅을 봐도 부끄럽지 않은 삶
내 인생은 양심이 지키고 있습니다

다 누리고 다 가진 인생
지극 효심 덤으로 누리니
늙을수록 편안한 복노인 입니다

붉은 노을 바라보며
시 쓰고 노래 부르며
미련도 여한도 없는 삶
방그레 미소 지으며 가렵니다

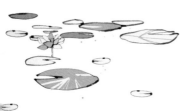

함부로 꽃이라 하지 마라

꽃도 사람처럼
태어나고 자란
환경에 따라
모양, 색깔, 향기가 다르지

꽃은 사랑의 표현
성공을 축하하며
노고를 치하하며
슬픔을 위로하는
긍정의 공통어 있네

꽃이 아름답다 하여
함부로 꽃이기를 흉내 내지 마라

내 살아온 발자취
지금 살아가는 마음가짐
올곧고 성실할 때
모두가 꽃이라 부르리

자연의 질서

세월은 바람처럼 스쳐 가도
모든 것을 허물고
새 생명을 이어 간다

사람 또한 세월에 낡아 흙이 되고
수천 년 이야기 품은 나무도
수만 년 비바람 견딘 바위마저
결국 세월 앞에 허물어진다

꽃이 항상 아름답고 싱싱한 것도
산새 소리 언제나 해맑은 것도
다시 꽃으로, 산새로 태어나는
어김없는 자연의 질서

늦가을 목쉰 매미 소리
짧은 일생의 한탄인가
백 년을 사는 사람도
낙엽 지는 가을은 슬프다

시장

그 자리 떠난 지 어언 서른 해
지금도 나의 호칭은 시장
존경의 호칭이기에
감사하면서도 두렵다

기대에 찬 시민의 눈빛
보통을 주문해도 특으로 대접받는
시장 프리미엄
나는 언제나 고맙고 두렵다

과연 나는 존경받을 만한가?
지난 30년을 되돌아보게 하는 말
내 부르는 소리에 돌아보며
옷깃을 여민다
오늘의 나를 들여다본다

에필로그

나의 삶 나의 인생

나는 영덕대게가 많이 나는 경북 영덕군 강구면에서 태어나, 여섯 살에 어머니를 여의고 6·25전쟁으로 부산으로 피난, 주경야독으로 고등학교를 나와 부산대학교 법대 행정학과를 졸업했다.

1960년 3월 경상남도청에 취업, 공직에 첫발을 딛고 연이은 4·19와 5·16혁명을 겪었다. 동래군청 초대공보실장 재임 중, 내무부에서 매년 시행하는 '지방공무원 교양고사'에서 전국 1등(1966년도) 성적을 거뒀다. 이에 지방 행정의 총본산인 내무부 지방국 행정과로 발탁되었다.

박정희 대통령 하명으로 범법자와 고정간첩 색출은 물론 장차 행정 전산화를 위하여 종래의 기류 제도를 주민등록제도로 개정하는 일을 맡았는데, 단 세 사람이 여관방에서 철야 근무하며 6개월만에 이 일을 완수했다. 이 일은 내 생애 큰 보람과 아름다운 추억으로 남아있다.

연이어 총무처에서 시행한 3급 국가공무원 공개시험에 합격(19명), 내무부 주민등록계장(사무관)으로 승진했다. 1975년(만 40세) 경남 도내 최연소 의령군수(서기관 승진)

10개월을 거쳐 울주군수(2년 3개월) 시절에는 온산비철공단 조성과 온산면민 이주대책, 고속도로변 새마을주택개량, 불법사리채취 단속 등으로 동분서주하였다.

1978년 내무부 기획예산담당관으로 영전, 자연보호과장, 새마을주택과장을 거쳐 1980년 부이사관으로 승진, 부산 영도구청장으로 부임하였다. 태종대 오가는 길을 꽃길로 가꾸는 일은 보람이 컸다. 그뿐 아니라 봉래산 비탈에 즐비한 6·25 피난 시절의 판자촌 영세민을 위하여 봉래산에서 청학2동으로 흐르는 하천을 복개하여 대로를 만든 것은 더 보람된 일이었다. 그동안 이삿짐과 분뇨 등을 지게로 져 날랐던 불편을 비로소 해소하게 되었다.

어느 날 청학동의 '천성 아동재활원'을 방문하였을 때 미국에서 한국에 봉사활동을 온 벽안의 아가씨가 사지가 뒤틀린 갓난아기를 품속에 품고 우유를 먹이는 천사같은 모습에 감동하여 "나 지상의 천사를 보았네"라는 시를 쓰기도 하였다.

부산시 보건사회국장 – 8개월

시내에 즐비한 상가를 살펴보면, 병·의원, 약국, 식당,

주점, 다방, 이미용업소, 유기장 심지어 직업소개소까지 보건 사회업무는 매우 다양했다. 특히 전시민이 배출하는 쓰레기는 전량 매립에 의존했기 때문에 쓰레기매립 부지확보의 어려움과 쓰레기장에서 발생하는 악취, 오·폐수, 방역 등으로 고통을 겪고 있었다.

1982년 울산시장으로 발탁 - 1년 2개월

지금은 광역시로 승격하였으나, 당시는 부이사관급, 시장으로는 인구 50만의 국내에서 가장 큰 도시로, 모두가 선망하는 자리였다. 전임 시장은 집중호우로 울산 구시가지 옥교동 일대가 침수된 책임으로 해임되었고 민심은 흉흉했다. 이규호 경남지사가 부산시에 있던 나를 발탁한 것은 울주군수 2년 3개월의 성공적인 업무 수행 능력을 높이 샀고 게다가 울산 사정에도 밝았기 때문이었다.

나는 부임 직후부터 수해의 근원적인 해결에 부심하면서 백양산 유역의 물을 태화강으로 바로 배출하는 방안을 모색했다. 대형 배수 터널 구축을 설계용역업체에 검토케 하여 이후 내 후임 시장들에 의해 완공되었는데 이로써 상습침수지역 문제가 근본적으로 해소되었다. 두 번째 현안 과제는 울산 삼산지역의 농토와 늪지대를 신도시로 확장하고 그 중심에 왕복 10차선 광로를 개설하는 일이었다. 늪지대 도로개설은 국내에서는 전례가 없어서 역대 시장들은 기피했던 사업이다. 나는 기술용역업체의 자문을 받아 '메트 공법'으로 늪지대 위에 이를 시공하였다. 삼산지역은 미나리밭에서 상전벽해한 서울의 강남처럼 지금 울산의 번화가로 탈바꿈했다.

1983년 경남의 수석시 마산시장 - 1년 6개월

마산시의 현안 과제는 충무, 고성에서 남해안 고속도로를 오가는 차량이 마산시가지를 경유하기 때문에 동맥 경화현상에 빠진 혼잡한 도시를 근본적으로 재생하는 것이었다. 길은 마산항 67만 1,000㎡를 매립하여 도시구역을 확장하는 방법이었다.

항만 물양장 확장, 어시장, 물류창고 등 항만 관련 시설을 재배치하고 도심에 폭 50미터의 광로 개설과 녹지대 조성, 시청 부지 1만 평 등 공공용지를 시의 재정 부담 없이 시에 제공하고 나머지 땅을 건설업체가 소유하는 조건이었다. 전국 건설업체에 사업 조건을 제시하였으나 두산그룹의 동산토건이 유일하게 수용하였다. 도시의 지도를 바꾸는 이 방대한 사업은 마산 시민들의 환호와 기대 속에 대대적인 기공식을 했는데, 이후 나는 제주도 부지사로 자리를 옮겼다.

아름다운 제주에서 보낸 6개월

1960년 공직에 투신한 후 분주했던 25년을 보내고 휴식년을 맞은 듯 풍광이 수려한 제주도 생활이 시작되었다. 그곳에서의 6개월은 행복했다. 육지에서 제주에 온 대부분의 기관장은 주말이면 대부분 골프장을 찾았으나, 나는 직접 운전하여 관광지를 돌며 제주 별미도 즐기면서 관리 상태를 점검했다. 이를 토대로 월요일 확대간부회의에서는 관광지 관리의 개선점을 지적하기도 했다.

늦가을 어느 날 산굼부리에서 석양에 나부끼는 억새의 아름다움에 매료되어 쓴 시는 후일 '현대시선'에서 신인 작품상 대상을 받았다. 나는 제주의 사계절을 경험하고 싶었으나 겨우 두 계절을 보내고 국방대학원에 입교했다.

※ 지금 제주에는 한라산의 정기를 이어받은 듯 큰딸이 활달하게 사업을 하고 있는데 그래서인지 요즘은 온통 아름다웠던 제주도 생각뿐이다.

국가관을 다진 국방대학원 1년

정부 주요 지휘관으로서 알아야 할 국제정세와 전략적인 판단 능력을 키우는 교육은 매우 중요하다. 미국의 백악관과 국무성, 국방성(펜타곤), 하와이 극동사령부, 미국 사관학교, 멕시코 국방대학원을 두루 견학하는 과정에 나도 함께 참여하여 후일 부산시장의 업무 수행에도 도움이 되었다.

부산시 기획관리실장에서 네 차례 자리 이동

제주부지사에서 부산시 기획관리실장으로 강등되는 불운도 겪었으나 나는 이후 2년 사이에 네 차례 자리를 옮기며 위기를 극복했다. 부산시 기획관리실장 6개월, 부산시 부시장 6개월, 내무부 소방국장 6개월, 내무부 민방위국장 6개월 순이다.

지방행정국장 – 1년 6개월

이한동 장관은 집권 여당의 원내총무를 거친 현역 국회의원으로 노태우 대통령의 신임이 두터웠다. 이 장관은 내무부 수석국장이며 정부 내 호활 5대 국장에 속하는 지방행정국장 적임자를 찾기 위해 청내 여론과 역대 내무부 장관들의 의견을 들으며 보름가량 고민한 끝에 말석 국장인 나를 선택했다.

지방행정국장은 방대한 지방행정조직의 현안과 민심을 파악하고 그 대책을 강구하여 시도에 시달, 지휘하며 내무부 산하 조직의 인사권까지 장악한 내무조직의 척추 역할을 하는 핵심부서이다. 그 업무가 막중한 만큼 큰 과오가 없는 한 1급으로 승진, 지방 장관으로 나가는 발판이기에 내무부의 모든 국장이 선망하는 자리였다.

이한동 장관 부임 후 첫 시련은 1989년에 찾아왔다. 울산 현대중공업의 격렬한 노사분규는 제2의 광주사태라고 도하의 신문을 장식했다. 전국의 경찰 병력이 울산에 집결되고 이들을 독찰하던 경남지사와 경찰국장은 기진맥진이었다. 이 무렵 울산 사정에 밝은 나는 장관의 명을 받고 울산 현장을 찾아 경찰지휘관들과 부상 경찰들을 위로하고, 울산의 민심을 살피기도 했다.

당시 사태 수습을 위한 정부의 노력은 매우 다양했다. 근로자 친인척을 통한 설득, 울산시민의 시위 현장 새벽 청소, 전국에서 보낸 위문품을 전경과 근로자가 나누어 먹기, 비행기 전단 살포 등. 이한동 장관 재임 8개월 동안 대통령

독대 보고가 몇 차례 있었으나 그 보고서만은 내가 직접 작성하며 심혈을 기울였다.

> ※ 내무부는 방대한 지방행정조직과 경찰조직을 관장하고 있는 특성상 노태우, 정호영, 고건, 이한동, 최형우 장관 등 대권에 꿈을 가진 분들도 많았으며 역대 내무부 장관의 임기는 매우 짧아 채 1년을 넘기지 못한 분들이 대부분이다.

이한동 장관 후임으로 나와는 인연이 깊은 김태호 의원이 부임하였다. 이 무렵에는 야간통행금지 해제 등 국민 생활을 제약했던 각종 규제를 점차 풀어가는 시책을 펴기도 하였다. 그 후임으로 경찰청장 출신인 안응모 장관이 부임했다. 안 장관은 북한에서 남피하여 시골에서 고생하다 경찰에 투신, 경찰 총수에까지 오르고 충남지사, 안기부 차장 등 역대 정권의 교체와는 상관없이 승승장구한 매우 명석한 분이셨다. 또한 부하들을 대할 때도 자기책임을 다하는 사람을 인정하는 청렴하고 강직한 지휘관이었다.

노태우 정권은 그 태생에서부터 여소야대의 구도 속에 분출하는 권위주의 종식과 민주화에 대한 국민적 욕구로 이전 정권에 비해 무기력할 수밖에 없었다. 안응모 장관은 부임과 동시에 '범죄와의 전쟁'을 선포하고 전국 조직폭력배를 소탕하며 무너져 가는 사회기강을 확립함으로써 물태우 정권의 오명을 불식시키고자 노력했다.

※ 안응모 장관이 부임한 지 3개월 뒤에 나는 본부의 기획관리실장(1급) 자리로 승진한 후, 5개월 만에 부산직할시장이 되었다. 그때 임용장을 받으면서 대통령 표창(청백리)을 함께 받는 유일한 공직자가 되는 영광을 누렸다.

제26대 부산직할시장 - 2년

당시 부산시의 현안 과제는 심각한 교통난, 부족한 용지난, 빈약한 재정난이었다. 특히 동서축의 교통체증으로 해운대~김해공항 간에는 헬기를 운항하고 있었다. 부산의 교통혼잡비용은 전국에서 가장 높아 부산항을 이용하는 수출입화물의 정체로 인한 애로가 심각했다. 이에 청와대에서 50C사업단을 구성했다. 김종인 경제수석이 단장을 맡고 부단장은 경제기획원 이석채 국장(후일 정통부장관, KT 회장)이 맡아 부산시에 많은 도움을 주었다.

1. 컨테이너세 마련(1992. 1. 1. 시행)

부산시의 새로운 재원 마련을 위해 청와대 지원으로 10년 한시법을 입법, 항만 배후도로 건설계획을 수립하고 동서고가로와 광안대교 건설을 가능케 했다.

2. 광안대교 건설

"세계에서 가장 아름다운 다리를 놓고, 부산의 랜드마크가 되게 하라"는 나의 지시로 착수된 광안대교는 샌프란시스코의 금문교를 참고하였으며, 내가 시장직을 떠난 후 10년 뒤에 개통되었다.

3. 동서고가로 건설

남구 문현동~북구 감전교차로 간 8.1km(1단계 구간)는 노태우 대통령을 모시고 내 임기 중에 개통하였다.

4. 황령산 터널

황령산 터널을 완공하여 동서고가로와 연결하였다.

5. 해운대 신시가지 착공

1992년 8월 총면적 92만 평에 계획인구 12만 명 수용계

획으로 건설되었으며 우회도로(왕복 6차선)를 개설, 차량 소통을 원활히 하고 쓰레기 소각장, 집중난방시설을 건설하여 지역 주민들에게 큰 도움을 주었다.

6. 가덕도 개발

전임 안상영 시장이 구상했던 부산 남항의 '인공섬건설계획' 공사비는 적게 계산되고, 매립지 매각대는 과다 계산되어 채산이 맞지 않았고, 내항의 오염 우려 등 문제점이 많았다. 결국 내 후임시장에 의하여 폐기되었으나 나는 영도의 1.6배가 되는 가덕도가 부산의 미래라고 생각하고 가덕도와 접한 명지, 녹산, 신호공단지구와 연계하여 개발하는 '가덕도 종합개발계획'을 수립하고 정부승인을 받았다. 부산신항만(컨테이너전용부두)의 입지결정도 이 무렵에 시작되었다.

7. 동천 정화를 위해 남부 하수처리장 착공

용호동 남부 하수처리장 사업은 악취가 풍기는 동천물을 용호동으로 옮겨 처리하려는 발상이 용호동민을 무시하는 처사라 하여 저항이 격렬하였다. 하지만 주민대표의 일본 견학을 통해 견문을 넓히고, 하수처리장 복개지 지상을 주민 공동 이용공간으로 활용하고 이기대 도로를 개설한다는 조건으로 지역구 국회의원과 힘을 합쳐 6개월간 주민을 설득한 끝에 착공에 성공할 수 있었다. 그러나 이 일은 내가 시장에서 퇴임한 후에도 '만일 남부하수처리장에서 악취가 풍기는 날에는 나는 부산을 떠나야 한다'는 부담감으로 한동안 살게 한 사업이었다.

8. 김해공항에 대형 점보기 내리다

세계 주요 도시와 직항하는 허브공항 없이는 부산은 여전히 교통오지를 면할 수 없다. 인천공항을 거쳐 부산으로 오는 불편은 관광, 각종 전시회, 회의, 집회 등의 부산 유치에 매우 불리하다. 내 임기 중에는 김해공항의 활주로가 짧아 대형 점보기가 내릴 수 없었다. 나는 시장 자문 대사의 도움으로 세계공항 실태를 신문에 연재하는 등 갖은 노력 끝에 정부 지원을 받아 새로운 긴 활주로를 증설함으로써 오늘의 김해공항으로 성장시킬 수 있었다.

9. 그 외 임기 중 주요 사업

부산발전연구원 설립, 도시개발공사 설립, 지사 과학산업연구구단지 조성, 엄궁 농산물도매시장 건설 등이 있다.

나의 부산시장 재임 기간은 1990년 12월 28일에서 1992년 12월 15일, 2년 임기로 끝났다. 민선시장 4년 임기의 절반 동안에 많은 업적을 남겼고 울산, 마산 시장 재임(2년 8개월) 중에도 획기적인 성과들을 남겼다고 자부한다. 이것이 나 혼자의 힘으로 가능한 일은 아니었다. 행정의 방향, 결심은 지휘관이 하지만 그 일의 추진은 조직이 하는 것이기에 나의 열정 못지 않게 수많은 간부와 직원들이 함께 뜨거운 열정을 불살라 주었기에 가능했다.

1992년 12월 18일 실시된 제14대 대통령 선거 막바지에 발생한 세칭 '초원복국집' 사건으로 나는 시장자리에서 물러나야 했다. 32년간 몸담았던 공직을 떠나던 당시 내 나이 만 57세로 한창 일할 나이였다. 내게는 억울하고 불행한 일이었다. 그 후 YS정부에서 국영기업체장으로 제의가 있었으나 나는 사양했다.

이후 부산교통공단 이사장으로 3년간 재임했는데 시민의 발이 될 지하철 2호선을 건설한 것은 지금 생각해도 보람된 일이었다. 내 나이 일흔이 되어 대한적십자사 부산회장직을 맡아 6년간 일했다. 이때 3,800여 적십자 천사들과 고락을 함께한 기억은 내 인생에서 아름다운 추억이고 뜻있는 마무리였다.